AF363802

COLLECTION DE M. GIRAUD

BRAHMANISME

M. G. BONDI

M. André PORTIER

Exposition : Hôtel Drouot, salle 10

Vente : Même salle

BRAHMANISME

Fragments de Chars sacrés
Pierres Sculptées
Bronzes

CONDITIONS DE LA VENTE

La vente sera faite expressément au comptant.

Les acquéreurs paieront 10 p. 100 en sus des enchères.

L'Exposition mettant les amateurs à même de se rendre compte de l'état des objets mis en vente, aucune réclamation, pour quelque cause que ce soit, ne sera admise, une fois l'adjudication prononcée.

L'expert, dans l'intérêt de la vente, se réserve la faculté de réunir ou diviser les lots.

L'expert assistera à l'Exposition publique et se tiendra à la disposition de MM. les amateurs qui auraient un renseignement à lui demander ou des ordres d'achat à lui confier.

BRAHMANISME

Fragments de Chars sacrés

Pierres Sculptées

Bronzes

Dont la vente aura lieu à l'Hôtel DROUOT, salle n° 10.

Le jeudi 19 Décembre 1912, à 2 heures

<table>
<tr><td>COMMISSEUR-PRISEUR :</td><td>EXPERT :</td></tr>
<tr><td>Me H. BONDU</td><td>M. A. PORTIER</td></tr>
<tr><td>32, rue Le Peletier</td><td>24, rue Chauchat</td></tr>
</table>

Chez lesquels se distribue le présent Catalogue.

EXPOSITION PUBLIQUE :

Hôtel Drouot, salle n° 10,
Le mercredi 18 Décembre 1912.
De 2 heures à 6 heures.

BRAHMANISME

1. Grande figure en pierre représentant Sarasvati.

   Sarasvati ou Vatch (Vâc) est la fille ou épouse de Brahma, déesse
   de la parole, de la science, première personne de la Trinité
   hindouiste.

   Haut. 1^m.50.

2. Autre figure de Sarasvati, en bronze.

   La déesse est représentée assise, tenant sur ses genoux la « vina »
   sorte de mandoline, qui, bien que jouée par une seule personne,
   donne l'impression d'un orchestre complet.

3. Tableau représentant Sarasvati.

4. Panneau en bois noir sculpté :

   Sourya, nommé aussi Savitar et Savitri, le dieu du Soleil.

   Il est debout devant une grande auréole symbolisant le disque
   solaire et tient une fleur dans chaque main. C'est le symbole du
   soleil bienfaisant qui fait fleurir les plantes.

5. Statuette en bronze représentant Sourya.

6-7. Panneaux de bois sculpté, représentant des Donalabalars.

   On appelle Donalabalar, en pays Tamoul, des sortes de demi-dieux
   qui gardent le seuil des temples. Ils sont souvent représentés,
   mettant le pied sur une énorme massue. L'expression de leur
   visage est terrifiante et leur bouche déformée par les deux
   canines très saillantes.

8. Vichnou entre deux Donalabalars.

   Fragment de char, comprenant trois panneaux sculptés.

   Ces fragments proviennent des chars sacrés qui servaient à la pro-
   menade des dieux. Ils représentent des divinités, des héros et
   des scènes de la légende religieuse ou des grands poèmes
   épiques, tels que le Ramayana et le Mahabharata.

Vichnou est une ancienne divinité solaire. Dieu suprême des Vichnouites (une des deux grandes sectes brahmaniques) il est la seconde personne de la Trimourti : il est créateur, conservateur et destructeur du monde, âme universelle, présent en tout et partout, omnipotent, omniscient, protecteur du sacrifice. Ses attributs habituels sont : la conque, le disque (soleil ou foudre), la massue, la fleur de lotus et rarement l'arc et le sabre.

Dans le panneau présent, il est représenté en dieu pacifique, la main droite levée, la paume en dehors, le geste qui rassure, « abcacon ».

9. Autre fragment de char. Vichnou entre deux Donalabalars.

Le dieu se reconnaît ici par ses attributs, la conque, dite « sangon » et le disque, engin de guerre, appelé « sacram ».

10. Fragment de char. Sacrapani.

Pièce curieuse représentant Vichnou avec quatre bras, chacun tenant le disque « sacram », d'où le nom de Sacrapani.

Cette forme est spéciale à quelques sectes groupées autour de Tirousacrapanicoïl.

11. Fragment de char.

Vichnou debout entre les deux déesses Lakchmi et Satyabhâmâ.

12. Fragment de char.

Vichnou entre ses deux femmes, Boudevi à sa gauche et Sridevi à sa droite.

13. Fragment de char.

Vichnou entre quatre femmes et deux Donalabalars.

Pièce curieuse, car Vichnou n'est toujours représenté qu'avec deux femmes. Il est possible que ces quatre femmes symbolisent les quatre Védas dont la lecture conduit à la dévotion de Vichnou.

15. Figure en granit représentant Lakchmi.

Lakchmi est l'épouse de Vichnou : divinité très adorée dans les temples de Vichnou et dont les statues sont toujours arrosées d'huile sainte et couvertes de bijoux précieux.

16. Figure de Lakchmi en bois sculpté.

17. Peinture sur toile représentant Gaya Lakchmi ; attitude spéciale de la divinité qui est représentée, une fleur de lotus à la main, assise entre deux éléphants, versant de l'eau sur les fleurs.

18. Groupe en bronze, représentant Vichnou tenant Lakchmi assise sur son genou : devant eux l'homme-oiseau Garouda. Derrière eux l'auréole Tirunatchi.

19. Grande statue en pierre représentant Vichnou.

Haut. 1^m,30.

Cette statue qui figurait dans le sanctuaire d'une pagode près de Poùna, fut brisée par les musulmans et abandonnée : les hindous cessent en effet d'adorer une statue détériorée, pensant que l'esprit de la divinité cesse d'y habiter dès le sacrilège.

20. Statuette en pierre, ayant servi au culte domestique et représentant Vichnou.

21-22. Panneaux de char, représentant Vichnou.

Ces panneaux mesurent un mètre de hauteur, dimensions tout à fait exceptionnelles. Ceux-ci particulièrement rares appartenaient au grand char de Tirounamalaï, pièce presque unique dans l'Inde.

23. Fragment de char représentant Vichnou entre ses deux femmes.

Ce panneau et les précédents sont sculptés sur un bois d'illoupé, bois sacré, extrêmement dur et réservé aux objets du culte. Il donne, lorsqu'on le coupe, une sève blanche, que les Hindous considèrent comme un lait bienfaisant.

24. Statuette en bronze représentant Vichnou.

25-26. Statuette en bronze représentant Vichnou Govinda.

Govinda est le dieu de Tiroupati : les fidèles choisissent une montagne élevée sur laquelle ils allument une immense citerne d'huile de coco. Torche éclatante, ce foyer brûle toute la nuit de la fête de Vichnou, éclairant les flancs de la montagne vers laquelle se dirigent les pèlerins en criant « Govinda-Govinda ».

27. Bronze représentant le « Bouddha couché ».

Vichnou étendu sur le serpent Çecha ou Anata, symbole de l'infini, roi des serpents Nàgas.

Vichnou couché est le dieu de Srirangam, temple fameux dans l'île de ce nom, près de Trichinopoli.

28. Vichnou couché. Figure en bois sculpté.

29. Vichnou couché : il est, ici, représenté couché sur le serpent Çecha dont les têtes lui forment une sorte de dais.

Brahma sort du nombril de Vichnou, dans une fleur de lotus.

Deux femmes sont aux pieds de Vichnou, plongé dans son divin nirvanà.

30. Fragment de char, représentant Vichnou.

Ce panneau est encore couvert d'une épaisse couche d'impuretés, provenant de ce que tous les ans, les chars sont passés à l'huile

— 8 —

de coco sans que, pour cela, on enlève au préalable la poussière
qui, s'accumulant ainsi pendant des siècles, constitue un véri-
table enduit.

Ceci explique pourquoi les sculptures de ce panneau provenant du
fameux char de Tirounamalaï (xvıı^e siècle) ont été presque entiè-
rement effacées par la poussière.

31. Peinture représentant Vichnou et le roi des éléphants. (Scène de
l'histoire de Vichnou.)

Un crocodile dévorait tous les animaux d'un pays : le roi des
éléphants traversant un jour son étang, allait subir le même sort,
lorsque Vichnou, descendant du Vaïconda (paradis de Vichnou),
massacra le crocodile d'un coup de son disque « sacram ».

Dans la légende hindoue, le crocodile personnifie la ruse et la traîtrise
qui allaient triompher de la vertu, même des plus forts, lorsque
Vichnou, la providence, fit triompher la justice.

32. Suite de sept panneaux conservés tels qu'ils étaient disposés sur le
char.

1° Vichnou tenant une massue « dandome ».
2° Rama et Valmiki.
3° Vichnou et Lakchmi
4° Le bain de Lakchmi.
5° Vichnou Teroumal.
6° Krichna volant du beurre.
7° Bala-Râma, frère et compagnon d'aventures de Krichna, représenté
ici portant une charrue à la main.

Bala-Râma est une des dix incarnations « Avatârs » de Vichnou,
obligé de descendre sur la terre sous une forme matérielle pour
protéger le monde et les hommes.

33. Fragment de char.
Larg. 2^m ; haut. 1^m.

Suite de cinq panneaux dans leur ordre naturel représentant **Nara-
Simhâ** entre des Donalabalars.

Nara-Simhâ est la quatrième incarnation « Avatar » de Vichnou.

Incarnation en homme-lion afin de détruire Hiranya-Kaçipou, roi
des démons Daïtyas, qui avait obtenu de Brahma le privilège
d'être invulnérable pour les dieux, les hommes et les animaux :
aussi Vichnou fut-il obligé de prendre cette forme réunissant le
dieu, l'homme et l'animal.

34. Statuette en bronze représentant Krichna, huitième incarnation de
Vichnou, pour délivrer l'Inde de la tyrannie du roi Kamça.

36. Bois sculpté représentant Krichna allaité par sa mère Devaki.

37. Bois sculpté. Krichna volant du beurre.
   Krichna est le héros du grand poème épique, le Mahâbhârata. Il
      était fameux pour avoir, dans sa jeunesse, volé du beurre dans les
      pots de ses parents qui étaient bergers.

38. Statuette en bronze représentant Krichna enfant (Krsna Copala)
      terrassant le serpent Kâliya qui désolait les bords de la Yamouná
      (Mythe d'Heraclès).

39. Peinture sous verre représentant Krichna.

40. Très beau panneau en bois sculpté représentant Krichna et Radhâ,
      déesse de l'amour et maîtresse préférée de Krichna.
   On représente assez fréquemment Krichna « honorant » l'une de ses
      nombreuses épouses. Radhâ et Roucoumani étaient les favorites.

41. Krichna et Roucoumani. Panneau érotique.

42. Krichna-Govinda et une fille du berger Nanda. Panneau érotique.

43. Très belle statuette de char, en bois sculpté, représentant Rama,
      portant l'arc et la flèche.
   Râma Tchandra, septième incarnation de Vichnou, pour détruire
      les démons Rakchasas (ogres) de Ceylan.
   Le piédestal représente Vichnou sous la forme « Vernougobale ».
      c'est-à-dire Krichna-Govinda ou berger, jouant de la flûte entouré
      de vaches et de veaux.
   En haut un « namon », insigne de Vichnou entre Sangon et Sacram,
      — Hanouman, le dieu singe et Garouda, l'homme oiseau.

44. Fragment de char.
   Râma entre Sita et Latchoumana.

45. Tableau représentant le couronnement de Râma.

46. Peinture représentant le même sujet.
   Râma est couronné à Ayodhia, sa capitale, entouré de ses frères,
      portant l'éventail, le parasol et le chasse-mouche. Hanouman, le
      dieu singe, tient son pied, Sita, son épouse reconquise, est à sa
      gauche, et tous les grands du royaume l'entourent.
   L'armée de singes, conduite par Songriva, assiste au couronnement
      qui est connu en Tamoul sous le nom de « Rama pattabiche-
      gome ».

47. Statuette en cuivre représentant Sita, l'épouse de Râma.

48. Statuette en bois figurant Ravana, tyran de Lanka. Géant à dix

têtes et roi de Ceylan, il avait enlevé Sita, épouse de Râma ; ce
dernier tua le géant avec l'aide des singes dirigés par Hanouman.

49. Hanouman ou Annemar. Bois sculpté représentant ce dieu singe,
fils du vent, héros du Râmâyana, adoré surtout à Bijanagar.

50. Fragment de char de Criringham, représentant Mohini, métamor-
phose de Vichnou en femme, pour séduire les Daityas, démons
ennemis des dieux et leur reprendre l' « Amrita », breuvage
d'immortalité (ambroisie) dont ils s'étaient emparés.

51. Fragment de char.
Mohini en reine des Bayadères.

52. Lingas, symboles de Çiva, en tant que dieu de la génération.
Pierre.
Devant le lingas se tient le taureau Nandi.

53. Nandi, statuette en granit représentant un taureau que l'on place
devant le lingas, phallus adoré comme une incarnation de Çiva.

54. Groupe en pierre. Lingas sous un serpent.

55. Très beau fragment de char représentant Çiva Sounrascanda, c'est-
à-dire Çiva dans le Kaïlassa avec son épouse Parvati et le petit
Soubrahmanija. Des brahmes font des sacrifices devant eux.

56. Peinture représentant Kandarao et Malsara, ou Çiva et Parvati,
montés sur le taureau Nandi.

57. Peinture. Dourga monté sur un lion, tuant Mahichâsoura, le géant à
tête de buffle.

58. Tableau représentant Gaouri (Parvati).

59. Fragment de char représentant Dourga.

60. Figurine en cuivre. Ellama, déesse des Parias (Kali).

61. Petite figurine en bronze représentant Anna-Pouma-Devi, déesse de
l'abondance, et forme de Kali.

62. Figure en pierre Minatchi (Parvati), déesse du temple de Madura.

63. Figure en pierre. Parvati.

64. Figure en pierre. Vira-Bhadra.

65. Bois sculpté. Vira-Bhadra transperçant un bondon.
Forme prise par Çiva pour détruire le sacrifice offert à tous 'es dieux
par le riche Dakcha, qui l'avait volontairement oublié. Vira-
Bhadra massacra les assistants, dispersa les dieux et trancha la
tête de Dakcha, qui fut consumée dans le feu du sacrifice. Cepen-

dant à la prière de sa femme Sâti, fille de Dakcha, Çiva lui rendit la vie en remplaçant sa tête brûlée par celle d'un bélier.

66. Intéressante peinture représentant Çiva dansant au milieu des flammes, à côté de Parvati et d'un prêtre sacrificateur.
Au-dessous, les dieux du paradis de Çiva, l'un possédant trois jambes, l'autre des pieds de tigre, etc.

67. Peinture.
Soubrahmanija ou Skanda, fils de Çiva et dieu de la guerre, représenté assis sur un paon, entre ses deux femmes.

68. Bois sculpté. Pageniandavar
Skanda, jeune homme et religieux.

69. Pierre sculptée.
Polear ou Ganeça.

70. Pierre sculptée.
Ganeça, deuxième fils de Çiva et de Parvati, et dieu de la sagesse est représenté généralement avec une tête d'éléphant et un corps massif et toujours accompagné d'un rat.
C'est le dieu Terme des Hindous.

71. Pierre sculptée.
Le rat de Ganeça, deuxième fils de Çiva, dont c'est la monture favorite.

72. Çiva sortant du Lingas. Bois sculpté.
Un adorateur de Çiva voulant, en sacrifice, se crever un œil, le dieu sortit du Lingas pour l'en empêcher.

73. Pierre sculptée.
Baïravat, troisième fils de Çiva, généralement représenté nu avec un collier de têtes de mort, et un chien derrière lui.

74. Ganeça. Pierre sculptée.

75. Çiva prêchant sa doctrine.

77. Tableau représentant Madourevirapin, le dieu du vin monté sur un cheval.

78. Statuette en cuivre du même personnage.

79. Tête de Mariatale. Pierre sculptée.
Parassourama coupa la tête de sa mère qui s'était mal conduite et la recolla sur la tête d'une pariate (femme de pariali).
Aussi n'adore-t-on que la tête de Mariatale.

80-81-82-83. Quatre pièces en bois sculpté, représentant des chevaux cabrés, sujets d'ornementation très souvent employés, soit seuls, soit montés par des guerriers entourés de soldats.

84. Fragment de char. Scène érotique.
Ces panneaux avaient une place spéciale dans le char.

85. Bois sculpté. Bayadère.

86. Lampe de sanctuaire hindou. Cuivre.

87. Couteau à betel (plante chiquée par les Hindous après avoir été mélangée à de la noix d'arrack et de la chaux).

88. Panelle. Vase en cuivre de l'Inde.

89. Figure en cuivre représentant Garouda, l'homme-oiseau, monture de Vichnou.

90. Bois sculpté représentant un boudon (diable de l'Inde).

91. Livres sur Olles.
Les Hindous écrivaient à l'aide d'un fin poinçon sur des feuilles appelées Olles.

92. Le Râmâyama en pièce de théâtre, sur Olles.

93. Livre de médecine sur Olles.

94. Livre de philosophie.

95. Très intéressant et très rare livre de sorcellerie.

96. Reproduction en moelle d'aloès d'un Gopuram, portes monumentales des temples, flanquées de gigantesques pylônes.

97. Bouddha indien.

98. Vichnou.

99. Bois sculpté. La déesse de la petite vérole.

100. Indrani.

101. Lots omis.

ÉVREUX, IMPRIMERIE CH. HÉRISSEY, PAUL HÉRISSEY, SUCCr.